Scholastic

El autobús mágico®

VA CONTRA LA CORRIENTE

Un libro sobre la migración de los salmones

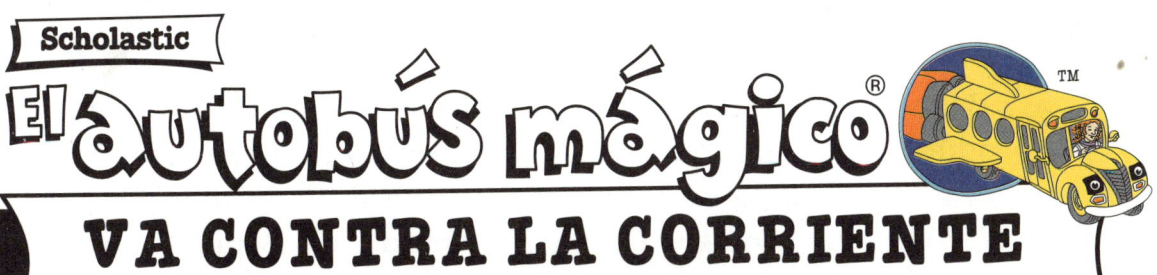

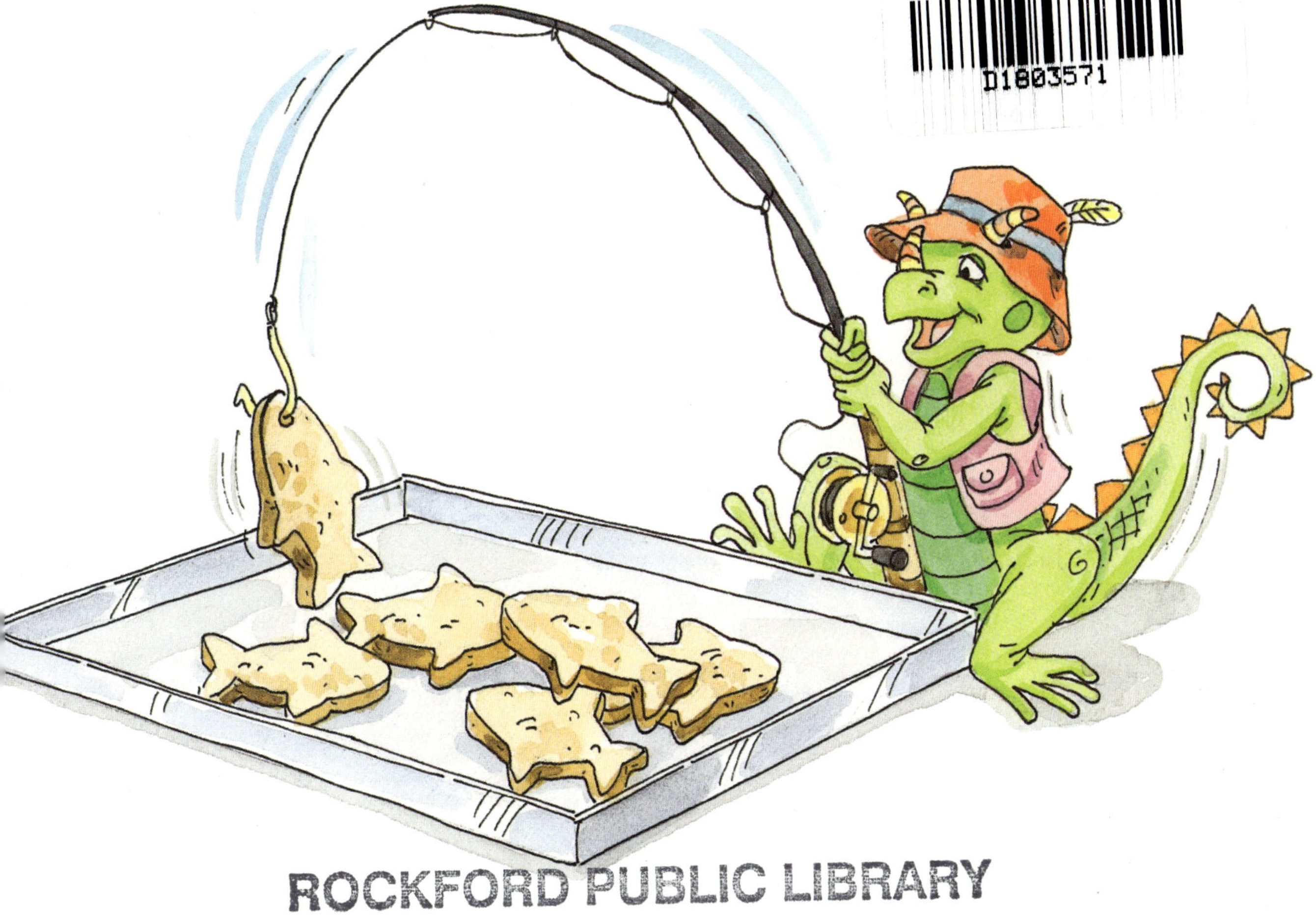

SCHOLASTIC INC.
New York Toronto London Auckland Sydney

Basado en un episodio de la serie de dibujos animados,
producida para la televisión por Scholastic Productions, Inc.
Inspirado en los libros del *Autobús mágico*
escritos por Joanna Cole e ilustrados por Bruce Degen.

Adaptado de la serie de televisión por Nancy E. Krulik.
Ilustrado por Nancy Stevenson.
Guión para la televisión de Ronnie Krauss.

Originally published in English as *The Magic School Bus Goes Upstream.*

No part of this publication may be reproduced in whole or in part, or stored in a retrieval system, or transmitted in any form or by any means, electronic, mechanical, photocopying, recording, or otherwise, without written permission of the publisher. For information regarding permission, write to Scholastic Inc., 555 Broadway, New York, NY 10012.

ISBN 0-590-29935-2

Copyright © 1997 by Joanna Cole and Bruce Degen.
Translation copyright © 1997 by Scholastic Inc.
Published by Scholastic Inc.
SCHOLASTIC, THE MAGIC SCHOOL BUS, Scholastic MARIPOSA en Español, and logos are trademarks and/or registered trademarks of Scholastic Inc. All rights reserved.

12 11 10 9 8 7 6 5   23   3 4 5 6 7/0

Printed in the U.S.A.

First Scholastic printing, June 1997

¡Nuestra clase siempre tiene que hacer las cosas de manera diferente! Nos gusta probar cosas nuevas, hacer preguntas, complicar las cosas, o como en este caso, mojarnos. Habíamos decidido salir en el autobús mágico a pescar salmón en pleno océano.

Desgraciadamente, no encontramos ningún salmón.

Nos empezamos a poner nerviosos. ¡Si no pescábamos nada, arruinaríamos la fiesta de la fritura!

—Cuando organizaste el picnic y el partido de béisbol nos prometiste pescado, Ralphie —insistió Wanda.

Ralphie se puso rojo.

—Lo sé, lo sé —respondió—. Aguantemos un poco más. Tenemos que pescar algo.

De repente, Ralphie sintió un fuerte tirón en su caña de pescar.

Ralphie había pescado algo enorme. Tuvimos que tirar entre todos con mucha fuerza para sacarlo. El bote se balanceaba de un lado al otro y el agua salpicaba en el aire. Por último, escuchamos un golpe sordo. ¡Lo habíamos logrado! Subimos un gigantesco...

¡Señorita Frizzle!

—Sólo estaba probando nuestras nuevas y rápidas aletas —explicó la señorita Frizzle—. Y debo decir que son *branqui*-ásticas.

Ralphie suspiró.

—Ojalá pudiera decir lo mismo sobre nuestra pesca, señorita Frizzle —dijo—. Pero usted es lo único que hemos pescado en todo el día.

—¡Oh, cielos! —replicó la señorita Frizzle—. ¡No me digan que no hay salmones cuando prometieron alimentar a toda la escuela con pescado!

En los ojos de la señorita Frizzle apareció ese brillo que quería decir *es hora de una excursión*. La seguimos a la cabina del autobote mágico.

—¿Nos va a llevar a casa, señorita Frizzle? —preguntó Ralphie.

—Digamos que, cuando tus salmones parten, es el momento de ponerse en marcha —exclamó la Frizzle— ¡A la carga, Liz!

Liz tiró de una palanca del tablero. El autobús giró hacia el mar abierto. Sus faros parecían ojos gigantes. ¡Le salieron aletas y una cola! Era evidente que en ese preciso momento el autobús no iba de regreso a la escuela.

¿Pero, adónde iba?

—De hecho, niños, el autobús no se ha convertido en un salmón de verdad —nos dijo la señorita Frizzle mientras metía un disco en la computadora del tablero—. ¡Pero con este nuevo programa MicroBus, creerá que lo es! Este disco programa al autobús para que tenga el cerebro y la memoria de un salmón. Irá a todas las partes donde haya ido tu salmón, Ralphie.

Había pantallas de computadora por todo el autobús.

—Son los Microbus Windows —explicó la señorita Frizzle—. Nos permiten ver lo que el autobús está pensando.

El autobús iba nadando. Todos nos pusimos de pie y examinamos las distintas pantallas de Microbus Windows. Keesha olfateó en la Estación de Olor.

—¿No les encanta el olor salado del mar? —preguntó.

Carlos y Dorothy Ann miraban la pantalla de la Estación de Visión. De esa manera podían ver lo que el autobús veía. De pronto, un banco de peces más pequeños apareció en la pantalla. El autobús había divisado su almuerzo y abrió grande la boca para tragarse los peces.

Phoebe y Ralphie miraban la pantalla en la Estación de Sabor. Cuando el autobús se tragó los peces, apareció en la pantalla la imagen de un pez pequeño.

¡Por acá, señorita Frizzle! —gritó Arnold, al ver una línea ondulada que se movía en su pantalla—. Está pasando algo raro.

—Ese es un detector de presión —explicó la señorita Frizzle—. Corre por los costados del autobús-salmón. Puede sentir hasta el más leve movimiento en el agua. De esa manera el salmón percibe lo que no puede ver con los ojos.

Ralphie se veía preocupado.

—¿Como cosas que podrían *comernos*? —preguntó nervioso.

De pronto, vimos un enorme pez con hileras y más hileras de dientes afilados. ¡Venía directamente hacia nosotros!

—¡Discúlpeme, señorita Frizzle, pero debemos salir rápido de aquí! —gritó Ralphie. Corrió al tablero, hizo girar el volante y pisó a fondo el pedal del acelerador.
No pasó nada.
—No funciona el pedal del acelerador, y el volante no gira —dijo Ralphie.
—Desde luego que no, Ralphie —respondió la señorita Frizzle—. Ya no tenemos el control. Lo tiene el autobús. ¡Está pensando como un salmón!
—Estamos fritos —dijo Carlos.

Vamos, incluso un salmón tiene que arriesgarse, cometer errores, y ser...

¡DEVORADO!

El Salmón Mágico salió disparado rumbo a las profundidades del océano. Tomó velocidad y se alejó nadando. ¡Ufff! ¡Nos salvamos por un pelo de ser el almuerzo de un tiburón!

Hablando de almuerzo, Dorothy Ann divisó otro banco de peces pequeños.

—Oigan, chicos, es hora de comer, otra vez —dijo.

Pero esta vez el autobús no se detuvo para comer un bocadillo. En lugar de ello, se unió a un grupo de salmones y siguió nadando.

Dorothy Ann pasaba rápidamente las páginas de su cuaderno de notas.
—Esperen un minuto —dijo—. Según mi investigación, cuando un salmón pierde el apetito, empieza a nadar con fuerza en una dirección y se le unen otros salmones que van en la misma dirección, ¡está migrando!
—¿Como los pájaros en otoño? —preguntó Carlos.

—Aquí dice que algunos animales que migran viajan miles de millas. —continuó Dorothy Ann—. Y les puede llevar meses.

—Lo que significa que podríamos volver a tiempo para nuestro picnic de graduación —añadió Carlos.

Ralphie empezó a saltar emocionado.

—¡Tengo un plan! —anunció—. ¡Simplemente salimos y hacemos que el autobús dé la vuelta!

La señorita Frizzle asintió con la cabeza y caminó hacia un armario que estaba en el fondo del autobús y sacó cuatro pares de aletas anaranjadas.

—No salgan sin sus aletas —dijo—. Pueden venirles de perilla.

Miramos por las ventanillas cuando Ralphie, Wanda, Carlos y Keesha se metieron al agua. El salmón les parecía realmente grande. Pero no había crecido. ¡Nosotros nos habíamos encogido cuando el autobús se convirtió en salmón!

—Me siento sin agallas —bromeó Carlos.

—¡Deja de quejarte! Detengamos a este autobús-salmón y regresemos a casa —dijo Ralphie.

Los niños nadaban delante del autobús tan rápido como podían. Se detuvieron en un lugar por donde el autobús tendría que pasar.

—¡Bien, ahora, todos tómense de las manos! —ordenó Ralphie. Se tomaron de las manos y esperaron a que el autobús se detuviera.

Pero el autobús *no* se detuvo.

¡El autobús iba directo hacia Ralphie, Wanda, Carlos y Keesha! Todos pensamos que estaban perdidos.

Pero justo cuando el autobús estaba a punto de aplastarlos, se zambulló en las profundidades y nadó por debajo de ellos.

Wanda se quedó mirando cómo el autobús se alejaba nadando.

—¿Y ahora qué vamos a hacer? —le preguntó a Ralphie.

—Sólo hay una cosa *que hacer* —respondió Ralphie—. Alcanzar al autobús y detenerlo.

Mientras Ralphie estaba afuera persiguiendo al autobús, nosotros estábamos dentro tratando de detenerlo. Pero no importaba el botón que presionáramos, el autobús seguía nadando.

—¿A dónde nos dirigimos? —preguntó Tim.

—No lo sé —respondió Arnold desde la Estación de Sabor—, pero según el autobús, el agua se está volviendo menos salada. Se está convirtiendo en agua dulce.

—¡Pero los peces de agua salada se mueren en agua dulce! —protestó Dorothy Ann.

¡Sigan a ese pez-autobús!

La señorita Frizzle no parecía nerviosa, (pero nunca lo parece).

—Los salmones son criaturas sorprendentes que pueden pasar sin peligro de ser peces de agua salada a ser peces de agua dulce. Una pirueta perfecta —explicó.

Tim se asomó por una escotilla.

—Parece que también sufren otros cambios —dijo, mientras un banco de salmones pasaba nadando. A los salmones machos les habían salido jorobas y tenían mandíbulas en forma de gancho. Las hembras tenían panzas grandes e infladas.

De pronto, la panza del autobús-salmón también se infló. Ahora sabíamos lo que era el autobús-salmón: ¡era una hembra!

El autobús estaba disminuyendo la velocidad, lo que hizo que Ralphie, Wanda, Carlos y Keesha pudieran alcanzarlo.

—Estamos acortando la distancia, colegas —gritó Ralphie mientras avanzaba montado en su leal salmón—. ¡Acorralemos a ese autobús! ¡AAAARREEEE!

Pero el autobús ya se había detenido. Estaba atascado en un enorme embotellamiento de salmones en la desembocadura del río.

—¡Es como si estuviéramos esperando algo! —dijo Tim.

—Claro como el agua —respondió la señorita Frizzle—, el río está bajo y no trae mucha agua.

—¿Río? —preguntó Carlos—. ¿Quiere decir que nadamos desde el océano hasta un río? ¿Para qué?

—Quizá los salmones están esperando a que el río crezca —dijo Phoebe.

Justo entonces, cayeron rayos, sonaron truenos y empezó a llover.

De repente, una foca saltó al agua. Tenía antojo de salmón. ¿Qué pasaría si en lugar de salmones la foca capturara a unos niños pequeños que nadaban en un autobús con forma de salmón?

Mientras tanto afuera, Ralphie, Wanda, Carlos y Keesha nadaban buscando resguardo. Dentro del autobús, veíamos como la foca se acercaba cada vez más. Entonces, la foca atrapó un salmón que se encontraba cerca y se alejó disparada. ¡Uf!

Phoebe husmeó el aire.

—¿Qué es ese olor? —preguntó—. Me recuerda algo, en algún lugar. Si yo fuera pez, seguiría ese olor a cualquier parte.

—No lo reconozco —dijo Arnold—. Pero creo que el autobús sí.

Justo entonces escuchamos un fuerte golpe en el costado del autobús. Ralphie, Keesha, Wanda y Carlos querían que los dejáramos entrar. Pero antes de que Liz pudiera abrirles la escotilla, el autobús salió disparado hacia adelante. *Estaba siguiendo ese olor.*

Phoebe tenía razón. Estábamos esperando a que el río creciera. ¡Empezamos a avanzar rápidamente corriente arriba! Pero Ralphie realmente quería detener al autobús para que todos pudiéramos volver a casa. ¡Esta vez, tenía un plan que no podía fallar! Ralphie se encaramó en un dique que el salmón tendría que saltar. Carlos, Keesha y Wanda lo seguían de cerca. Los chicos apilaron ramas y palitos en la parte superior del dique para hacerlo más alto.

—Este plan es a prueba de tontos —dijo Ralphie mientras colocaba más ramas—. El autobús nunca pasará por encima del dique.

El autobús nadaba dirigiéndose a la parte superior del dique. Saltó en el aire. Pero no lo suficientemente alto y cayó de nuevo en el agua.

—Sabía que funcionaría —gritó Ralphie entusiasmado—. ¡No importa las ganas que tenga un salmón de migrar, no puede superar un plan magistral!

Wanda asintió con la cabeza. El autobús parecía realmente decidido. ¡Había dejado un sitio lleno de alimentos en el océano, se había zambullido por debajo de un tiburón y había esquivado con éxito a una foca! ¡Además, se había convertido en un pez de agua dulce para nadar río arriba! Pero ahora Ralphie había logrado ser más astuto que el autobús, ¿o no?

El autobús y otro salmón sacudieron con fuerza sus colas en el agua. ¡PLAFF! Una enorme ola de agua dulce golpeó a Ralphie en el rostro. Junto con el salmón de verdad, saltamos sobre el dique.

Nos detuvimos en un pequeño arroyuelo. El olor en el autobús se volvió muy fuerte.

El autobús mágico empezó a cavar un hoyo, igual que todas las demás hembras.

—¡No puedo creerlo! —exclamó Dorothy Ann—. ¿Vinimos hasta aquí sólo para cavar un hoyo?

—No cualquier hoyo, Dorothy Ann. Ya verás —respondió la señorita Frizzle misteriosamente.

Ralphie, Wanda, Keesha y Carlos golpearon en la escotilla del autobús.
—Por fin terminamos, señorita Frizzle —dijo Ralphie—. El autobús ha migrado. ¿Podemos ir a casa por favor?
—Seguro Ralphie —estuvo de acuerdo la señorita Frizzle—. ¡Después de otra fértil experiencia!
En un costado del autobús apareció una rampa, pero en lugar de dejar entrar a Ralphie, Keesha, Carlos y Wanda... ¡nos sacó a los demás!

Finalmente supimos por qué migraban los salmones hembras: para encontrar un lugar en donde poner sus huevos. Lo que no pudimos descubrir fue por qué migraban los machos. Así que hicimos lo que la señorita Frizzle siempre nos aconseja. Hicimos preguntas.

—Disculpe, señor —le preguntó Carlos a un salmón macho—, nos preguntábamos si hay algun motivo en particular por el cual usted está aquí.

El salmón no respondió. Nos roció con algo que en el agua parecía una pequeña nube.

Ahí tienes la respuesta, Carlos.

¿Qué, es una especie de lavacoches?

Convertirse en huevo... está bien. Ser fertilizado... está bien. Ser enterrado vivo... ¡no está bien! ¡Sabía que debía haberme quedado en casa hoy!

—Los huevos tienen que ser fertilizados por los machos para que puedan crecer e incubarse —explicó la señorita Frizzle.

De pronto el autobús empezó a usar su cola para cubrirnos con grava.

—¡El autobús nos está enterrando vivos! —gritó Wanda.

—Debe estar haciéndolo bien, los salmones de verdad también están enterrando sus huevos —le aseguró Tim.

La señorita Frizzle movió un interruptor verde.

—Voy a acelerar las cosas un poco. ¡Es tiempo de incubar!

Al poco tiempo salimos del cascarón. ¡Habíamos nacido! Ser pequeños salmones era realmente estupendo. Estábamos a salvo en nuestro arroyuelo poco profundo, y había comida en abundancia.

—¿Cómo es que los salmones conocen este lugar? —preguntó Ralphie.

—El autobús iba oliendo un sitio que se encontraba muy lejos —empezó Tim.

—¡Y el olor se fue volviendo más fuerte! —añadió Dorothy Ann.

—Creo que llegamos aquí gracias a nuestro *olfato* —dedujo Arnold.

Dedujimos la razón. Para los salmones, cada arroyo tiene su propio olor. Los salmones recuerdan el aroma exacto del arroyo en el que nacieron. ¡Sólo tienen que seguir ese olor para llegar a casa!

Sabíamos que cuando los salmones crecieran un poco, tendrían que migrar de vuelta al océano en donde había comida y espacio abundantes para crecer. Por suerte, nosotros no teníamos que migrar de nuevo. La señorita Frizzle abrió una escotilla del autobús. Entramos nadando y otra vez nos volvimos niños. La Friz presionó otro botón y el autobús dejó de ser salmón para convertirse en ganso. ¡Volamos a casa con gran estilo!

Las otras clases se estaban resignando a que no llegáramos cuando aparecimos en la fiesta de la fritura.

—¡Aquí estamos! —gritó Ralphie— ¡Con papas fritas para todos!

Los otros chicos lo miraron extrañados.

—Encontramos a los salmones —explicó Ralphie—. ¡Pero estaban haciendo un viaje tan increíble que decidimos dejarlos en paz!

Cuando has visto a un salmón en acción, el resto es papa frita.

Cartas de nuestros lectores

Querida editora,
Tengo una pregunta que hacer. ¿Hacen los salmones esa larga migración verdaderamente en un día? ¿No está el océano en realidad lejos del arroyo?
Firmado,
Marina Nacional

Querida Marina,
Tienes razón. Los salmones no pueden hacer el viaje en un solo día. En realidad tardan unos seis meses. Pero no olvides que sólo tenemos 32 páginas en este libro, así que juntamos todas sus aventuras en un día.
La editora

Querida editora,
Los salmones son verdaderos superhéroes. Nadan río arriba en contra de corrientes muy fuertes. Saltan diques altos de un solo brinco. Hacen cualquier cosa para llegar a casa. Pareciera que ningún enemigo es demasiado para ellos. ¡Los salmones ni siquiera le temen a la kriptonita! ¿Alguna vez han pensado en la posibilidad de hacer tiras cómicas sobre Super Salmón?
Firmado,
Clark K.

Querido Clark,
En verdad los salmones son extraordinarios. Pero no te engañes. Pueden ser víctimas de muchos enemigos, por ejemplo, los osos, las aves, la contaminación y los pescadores. De hecho, durante la migración mueren más salmones de los que sobreviven. Con todo, todos los años alcanzan su destino suficientes salmones como para obtener al final la gran recompensa. Tomaremos en consideración tu idea.
La editora

Notas de la Señorita Frizzle

Queridos niños, padres y maestros:

¿Sabían que los salmones no son los únicos peces que hacen migraciones sorprendentes a lugares en donde pueden incubar y criar con seguridad a sus crías?

Por ejemplo, la anguila americana toma la ruta opuesta a la de los salmones. La anguila se reproduce en el océano, pero pasa la mayor parte de su vida en ríos de agua dulce. Las anguilas adultas de toda América del Norte y Europa nadan a un lugar en el Mar de los Sargazos (cerca de las Bermudas). Cuando llegan allí, ponen sus huevos y mueren. Las pequeñas larvas de anguila nadan en la Corriente del Golfo. A la larga, llegan a las bocas de los ríos y empiezan su migración corriente arriba. Las anguilas pueden vivir de 6 a 12 años en agua dulce antes de iniciar su largo viaje de regreso al Mar de los Sargazos, en donde tendrán mucho espacio y comida para vivir como anguilas adultas.

Algunos peces, como el atún blanco, migran a distintas partes del océano. Los adultos dejan las zonas del océano en donde se alimentan y nadan en contra de las corrientes del océano al sitio en donde ponen y fertilizan sus pequeños huevos. Las indefensas crías son arrastradas por las corrientes del océano hacia buenas zonas de alimentación. Conforme las crías crecen y se vuelven fuertes, nadan de regreso a las zonas de alimentación para adultos que sus padres dejaron atrás. Este patrón de migración del atún forma una especie de triángulo.

¡Feliz viaje!

Srta. Frizzle